함께
오늘래요?

함께 오를래요?

2020년 6월 28일부터 2021년 5월 22일까지 영실코스 윗세오름을 포함해서 한라산을 40번 이상 올랐습니다.

처음 시작은 코로나19로 인해 아침마다 뛰던 체육관이 폐쇄되자 답답한 마음에 산을 올랐으나, 오르면서 맞이한 일출과 함께 간 길동무들, 계절마다 다른 자연의 모습에 매번 놀라고 감탄하게 되었습니다.

한라산, 특히 영실코스를 사랑하게 되었고 급기야 영실 예찬론자가 되었습니다. 혹자는 '산은 오르는 것이 아니라 바라보는 것'이라고 했지만 이제 나에게 산은 예전의 의미와는 많이 다릅니다.

칠흑 같은 어둠을 손전등으로 비추고 걷다가 새까만 나무가 초록 색깔로 보이고, 영실기암 병풍바위를 바라보며 오를 때 일출의 순간을 맞이하게 된다면 여러분의 생각도 달라지실 겁니다.

일출의 장엄한 모습과 오르막을 오를 때의 심장 뛰는 소리가 겹쳐지는 순간, 살아있음을 온몸으로 느끼며 힘들었던 순간은 저 멀리 달아나 버립니다.

한라산은 내가 숨쉬고 존재한다는 것을 알게 하고, 매순간 만나는 자연의 모든 것에 감탄하게 만듭니다.

'뭐 설마 그 정도겠어.' 하시는 분들은 새벽산행을 경험해보시길 추천합니다.

백 번의 말보다 한 번의 산행으로 제가 느낀 이 느낌을 여러분도 강렬하게 알게 되실 겁니다.

마음만 먹으면 오를 수 있는 한라산 근저에 살고 있는 것에 감사하고, 건강한 두 다리와 같이 갈 수 있는 벗이 있음에 감사합니다.

산을 오르는 행위는 저에게 어쩌면 수행의 방법인지도 모르겠습니다. 처음에 운동삼아 시작했던 산행이 지금은 수단이 아닌 그 자체로 목적이 되어 버렸습니다.

"내게 중요한 것은 오늘, 이 순간에 일어나는 일"이라고 했던 니코스 카잔차키스의 '조르바'가 생각납니다.

자, 오늘도 한라산 영실코스를 오르려고 합니다.

잠시 모든 것 내려놓고 지금 저와 함께 오르실래요?

목 차

#01 한라산 영실에 오르다

바깥은 아직도 깜깜하다.

가족들이 깰까 봐 현관문을 조심스럽게 열고, 문이 닫히는 순간까지 손에 힘을 꽉 준다. 한라수목원 입구까지 어둠을 헤치고, 만나기로 한 장소에 먼저 도착했다. 함께 가기로 한 친구를 만나 영실매표소로 향했다. 오랜만에 찾는 산이라 살짝 흥분되기도 했다. 체육관이 코로나로 문을 닫는 바람에 새벽운동을 잠시 쉬게 되었다.

그래서 난 한라산을 택했다. 아니, 선택의 여지가 없었다.

6월이라 해 뜨는 시간이 빨라져서 처음 시작할 때와 달리 어두웠던 시야는 점점 밝아졌다. 영실기암에 도착했을 때는 해의 따뜻한 기운이 머리 위로도 느껴졌다. 숨도 잠시 고를 겸 떠오르는 해를 바라보며 둘이 잠깐 멈췄다.

길게 늘어진 산등성이 위로 해가 떠오르려고 준비를 하는지 산 아래쪽이 조금씩 밝아지고 있었다. 곧 해가 얼굴을 드러내자 잠시 할 말을 잃고 계속 바라보았다. 얼마 만에 보는 일출 장면인가? 새벽운동을 하고 나오면 해는 이미 나온 지 오래여서, 산에서 마주하는 일출 광경이 경이롭기까지 했다.

잠시 호흡을 가다듬고 오르는 영실코스. 중간 쉬는 지점에서 잠시 호흡을 고를라치면 까마귀 한 마리가 바람처럼 날아온다. 가방 안에서 무엇인가가 나오기를 고대하며 바라보는 눈에서 레이저가 나올

것만 같다. 아쉬워하는 까마귀를 뒤로하고 쉴 새 없이 발걸음을 옮겨 윗세오름에 다다랐다. 포토존에서 친구랑 사진을 찍고 상쾌한 아침 공기와 사과 한 쪽을 먹으며 잠시 숨을 고른다. 윗세오름 계단에 앉아 사과를 먹으며 하늘을 바라보는데 가슴이 저려왔다. 충만함이 저 밑바닥에서부터 밀려오는 것 같았다. 오늘의 발걸음은 묵직했으나, 곧 가벼워질 거라 믿으며 한라산 영실코스를 꼬닥꼬닥 밟으며 내려왔다. 제주, 한라산, 그곳에 살고 있음에 감사하다고 푸르른 하늘에 큰 소리로 외치고 싶은 날이다.

선화 언니에게

오랫도록 가보지 못한 영실을 제주도에서 딸 덕분에 인연을 맺어 벗이 된 선화 언니랑 함께 새벽 일찍 출발했다. 177m, 5.8km 거리, 등반시간으로 2시간 30분 정도 걸린다고 했다.

드디어 언니랑 함께 탐방로 출입구를 지났다.

산길에 들어서자 풀 냄새, 나무 냄새, 흙 냄새, 피톤치드까지….

'자연 냄새가 이런 거구나.' 천천히 언니랑 이런저런 얘기를 하며 걷자, 맑게 흐르는 계곡도 우리를 반겨주는 것 같았다.

너무 맑고 깨끗하게 흘러 맘까지 시원해지는 느낌이었다.

한참 걷다 보니 운동을 오랫동안 하지 않은 탓인지 언니도 나도 발걸음이 점점 느려지고 다리가 무거워지기 시작했다.

조금 걷다 쉬다를 반복하며 얼마간 오르자 뒤로 보이는 병풍바위의 웅장한 경치가 멋있었다.

경사가 심하고 원만한 계단을 정말 힘들게 오르다 보니 드디어 윗세오름에 도착했다.

예전에는 휴게소에서 라면도 팔고 쉼터도 있었는데 이제는 그런 것들이 없어서 아쉬웠다. 언니랑 나는 준비해 온 간식을 먹고 정상에 오른 기념사진을 남기고는 뒤돌아 내려왔다.

언니랑 좋은 추억도 만들고 운동도 하고 커피숍에서 시원한 커피를 한잔하고는 다음 산행을 약속하고 헤어졌다.

그 이후로 언니랑 다시 산에 가지 못하고 있다.

덥다고 못 가고 춥다고 못 가니, 조만간 시간을 내어 언니에게 전화를 해야겠다. 한라산 영실코스가 그립다고 언니에게 애교 섞인 목소리로 말해야겠다.

숙희로부터

#02 백록담을 보다

제주에 20년 넘게 살면서 매 순간 감사함을 느끼지만, 한라산이 지척에 있는 것이 제일 좋다. 비행기를 타고 일부러 한라산을 찾는 사람들도 많은데, 우린 맘만 먹으면 언제든지 오를 수 있다. 제주에 살고 있음이 축복이고 행복이다.

남편이 산양으로 일터를 옮기고부터는 같이 산행하기가 힘들어졌다. 주로 친구들과 갔는데, 드디어 남편과 한라산을 올랐다. 나도 등반 속도가 꽤 빠른 편인데 역시 롱다리 남편은 따를 수가 없었다. 한 번씩 내가 잘 오고 있나 뒤돌아보긴 하는데, 남편의 뒷모습이 보이지 않을 만큼 거리가 멀어지면 야속했다.

그때 문득 든 생각이 있다. 함께 가는 사람들에게 나름 배려한다고 속도를 맞추기는 하는데 나도 누군가에게는 야속할 수 있겠구나. 나와 산행을 하는 사람들과의 거리가 너무 멀어지면 안 되겠구나 하는 걸 배웠다. 진달래밭에서 김밥과 과일로 허기를 채우고 다시 힘을 내어 정상으로 향했다.

정상에 도착했을 때는 구름에 가려 백록담을 볼 수 없었다. '이번엔 못 보겠구나.' 하고 마음을 비우고 있는데 갑자기 바람이 세차게 불어주었다. 바람 덕분에 구름이 걷히고 선명한 백록담을 마주하게 되었다. 김밥을 먹나 말나 휴대폰을 꺼내어 백록담의 모습을 남기 시작했다. 머리카락은 뒤집어지고 장갑은 날아갔지만, 구름에 가린 백록담 전체를 보니 황홀했다. 진짜 찰나의 순간이었다.

모든 인생사도 이러하겠지. 기쁜 일과 슬픈 일은 동전의 양면처럼 동시에 온다. 그래서 기쁘다고 너무 업되지도 말고 슬프다고 너무 다운되지도 말자고 다짐해본다. 지치고 힘 빠져서 잠시 의기소침해 있었는데, 백록담의 정기를 받고 우린 다시 에너지를 장착하고 내려올 수 있었다. 다음 산행을 기약하며 남편과 한 발 한 발 조심히 하산을 했다.

산은 오를 때보다 내려올 때 더 집중해야 다치지 않는다. 끝까지 산에 대한 예의를 지키며 감사한 마음으로 내려왔다. 심장 뛰는 다음 산행을 기약하면서….

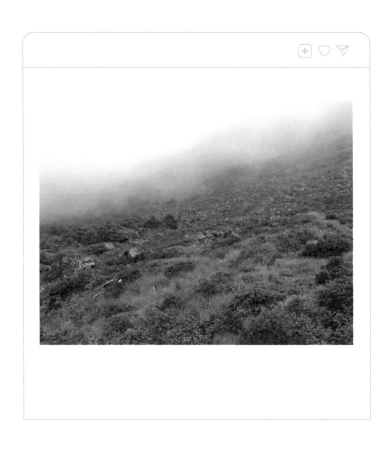

삼월 한라산

김선화

삼월의 한라산은 아직 설국이랍니다
꽃피는 춘삼월에 눈꽃 피워 나를 반기는
따뜻한 산의 마음이 사람처럼 좋아요

높은 데 이를수록 키 낮추는 초목을 봐요
눈 헤집고 피어오른 복수초 노란 얼굴
그 곁에 새끼노루의 발자국도 찍힙니다

초입에 들어서면 눈으로 말하세요
초목의 주파수에 마음 눈금 맞추세요
오감을 활짝 열고서 그 품속에 드세요.

#03 그리운 산바람

  제주에 와서 친구가 많이 생겼다. 그중에서도 운동을 좋아하는 나이기에 체육관에서 만난 친구들이 많다. 새벽마다 하는 에어로빅 외에 다른 운동이 하고 싶어 집 앞 스포츠센터에 다녔는데, 그곳에서 동갑 친구 영희를 알게 되었다. 국어 교과서에 늘 등장하는 영희라는 이름도 익숙했지만, 입가에 미소가 떠나지 않는 첫인상에 호감이 갔다. "영희야 놀자." 하면 금방이라도 달려나와 줄 것만 같은 친구. 남편의 이름이 철수일 것만 같은 엉뚱한 상상을 하며 영희랑 매일매일 운동을 하며 만났다.

  힘든 동작을 같이 견디며 함께한 시간이 있었기에 우리의 친밀함은 깊어졌다. 우연찮게 알게 된 생일도 서로 챙겨주고 맛있는 것이 생기면 집 근처에서 만나 나누어 먹기도 했다. 그날도 변함없이 산에 갈 친구를 구하던 중, 집 근처에 사는 영희가 생각나 전화했더니 흔쾌히 함께하자고 했다. 우리의 새벽 산행은 그렇게 시작되었다. 영실코스는 30~40분 정도 이동을 해야 하니, 내가 영희네 집으로 갔다. 익숙한 동네라 더 일찍 도착한 난, 친구 영희를 기다리며 차 안에서 음악을 듣고 있었다. 곧 영희가 왔고, 우린 영실매표소로 향했다. 어둠을 뚫고

숲 입구까지 오니 새벽의 어둠이 조금씩 옅어지고 있었다. 가끔씩 도로 위로 노루들이 갑자기 튀어나오기 때문에 속도를 늦추고 도란도란 얘기를 나누며 가고 있었다. 그런데 오른쪽 도로 위에 노루 한 마리가 보였다. 깜짝 놀라 차를 세우고 비상등을 켰다. 노루는 꼼짝도 하지 않고 누워있었다. 이미 누군가의 차에 치어 생명이 다한 것 같았다.

일단 119에 신고하고 위치를 설명해주었다. 삼시 뒤, 또 한 내의 차가 내 차 앞으로 멈추었다. 우리가 자초지종을 설명했더니 그분은 한 치의 망설임도 없이 노루가 있는 곳으로 성큼성큼 걸어가셨다. 범상치 않은 포스였다.

그분은 노루 곁으로 가서 노루의 생사 여부도 확인하고 변도 확인하였다고 했다. 죽은 지 얼마 안 된 것 같다고 했다. 우린 함께 노루가 좋은 곳에 가기를 기도했다. 그분도 친구랑 영실코스로 가는 길이라고 했다. 그분도 낯선 사람에게는 전화번호를 주는 건 처음이라고 하면서, 서로의 연락처를 저장했다. 나도 왠지 그분에게 끌림이 있었다. 이후에 내가 타로 선생님께 귀인을 만난 것 같다고 했더니, 서로가 서로에게 귀인이라고 말씀해주셨다. 그분과는 지금도 가끔 연락하며 지낸다. 참 인연이란 게 신기하다.

　내 친구 영희는 많이 놀란 눈치다. 가슴을 진정시키고 일단은 영실코스를 올랐다. 등반 도중에 일출을 본 친구 영희는 환호성을 질렀다. 너무 멋지다며 연신 사진을 찍어댔다. 길에서 만난 노루, 그 노루 덕분에 만난 또 한 사람. 영희와 나는 내려오면서 인연에 대한 얘기를 나눴다. 옷깃만 스쳐도 인연이라는데 우린 전생에 어떤 인연이었을까? 지금도 친구 영희와 가끔 그때 얘기를 한다. 참 특별한 경험이었다. 우리는 서로에게 귀인이라고 우기며 다음 산행을 기대해 본다. 한동안 체육관에 안 갔더니 영희 소식이 궁금하다. 영희는 잘 지내고 있겠지. 여름이 지나고 가을이 오면 다시 한번 어둠을 뚫고 영희랑 한라산을 오르고 싶다.

그리운 친구에게

덥다 더~~워!

선풍기 앞에 앉아 부채질을 해 봐도 냉장고 속 아이스크림만 못하다.

아이스크림을 쭉쭉 빨며 힘겹게 올라 정상에서 맞이한 시원한 산바람을 그리워해본다.

영희야 놀~자!

학창 시절 많이 불렸던 내 이름을 언제나 정겹게 불러주는 친구 또한 그립다.

진달래밭을 지나며 꽃차를 마시고

초록색 잎들이 풍성한 숲길을 걸으며 풀향을 가득 채워보기도 하고

바람이 솔솔 불어오는 단풍길은 화려한 별빛으로 우리를 설레게 하고

하얗게 덮인 눈길에 서로의 발자국을 찍어 보았던 너와의 추억이

영희야 놀자~~~!며 메아리쳐 되돌아온다.

이 더위가 내 발걸음을 더디게 한다.
산 중턱에 차갑게 흐르는 계곡에 발을 담가 아이스크림을
먹으며 담소를 나누고 싶다.
솔솔 불어오는 산바람에 힘을 내어 다시 앞으로 걸어가
야겠지.
쉼 없이 걷는 너에게도 산들바람이 솔솔 불어주겠지.
너무 더운 날 산바람 같은 친구에게

영희로부터

#04 그해 여름, 그해 겨울

　제주에서 무늬만 바쁜 나 말고 진짜 바쁜 언니에게서 문자가 왔다. 조금의 여유가 생긴 모양이다. 영실을 수시로 오르는 내 SNS를 보고 연락이 온 것이다. 언니는 미리 선수를 쳤다. 자기는 천천히 올라갈 테니까 신경 쓰지 말고 올라가라고. 근데 그게 어디 말처럼 쉬운가? 알았다고 하고선 언니의 걸음에 맞추어 천천히 산을 올랐다. 평소보다 천천히 가니 못 봤던 것들도 보이고 계곡이며 꽃들을 더 세세하게 바라보게 되었다. 이 또한 오늘의 선물이 아니겠는가.

　늘 앞만 보고 오르면 주변의 것을 놓치게 된다. 속도를 늦추고 주변을 바라보면 예쁘고 곱지 않은 것이 없다. 오늘따라 파란 하늘은 더 깊고 진하다. 하늘이 너무 파래서 눈물이 난다는 말이 실감 났다. 처음 만났을 때부터 카리스마 언니라고 불렀던 언니. 그냥 딱 봐도 왠지 강단 있을 것 같은 언니는 알면 알수록 연한 배처럼 부드러웠다. 역시 사람은 겉만 봐서는 잘 모른다. 언니랑 산을 오르며 앞으로 무엇을 하고 살 것인지에 대해서도 얘기를 나누었다. 하고 싶은 것과 해야 할 것들에 대해 생각해보게 되었다.

　우리 모두에게는 반드시 이 땅에 온 소명이 있다. 난 요즘 그걸 알아가는 중이다. 다른 사람의 얘기를 잘 들어주고 가려운 곳을 잘 긁어주는 것이 나의 장점인 것 같다. 나의 장점이 소명으로 발현되길 바라며 유난히 강렬한 햇살을 온몸으로 받으며 한발 한발 걸었다. 나이 오십이 되어도 꿈과 희망에 대해서 얘기 나눌 벗이 있다면 그것 또한 행복일 것이다. 행복한 걸음걸음, 넉넉한 언니와의 산행이 꽤 오래 기억될 짓 같다. 언니의 나음 산행은 소금 빨라시길 바라며, 한 손은 맞잡고 다른 한 손은 하늘 향해 활짝 올려본다. 따뜻한 산들바람이 손가락 사이를 간지럽히며 지나간다.

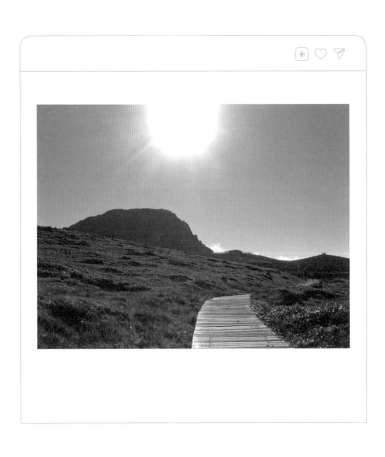

선화에게

그해 여름,

굶주린 올빼미, 새벽산을 날다.

주로 가을과 겨울에만 한라산에 갔었는데 여름에 그것도 새벽 산은 반백 살 생애 처음이었다. 아랫동네는 35℃ 찜통인데 새벽 한라산 공기는 22℃.

큰마음 먹고 10일 단식을 한 후 몸이 가벼워지자 뭔지 모를 힘이 스멀스멀 올라오는 듯하긴 한데 근육이 빠져서 한라산은 엄두도 못 냈었다. 그런데 "언니 가요, 갈 수 있어요."라는 선화의 한마디가 나를 산으로 이끌었지. 역시나 다리는 몹시나 후들거렸지만 그에 비례해 가벼워진 몸 덕분에 날아서 올랐다. 역시나 선화는 저 멀리 날다람쥐마냥 날아가고, 난 꾸역꾸역 천천히 돌을 밟고 계단을 올랐다.

집거북이를 이렇게 움직이게 해주려고 꼬박꼬박 연락 주

는 선화가 참 고맙다. 같이 다니려면 속 터질 건데. 중턱쯤 올라가니 영실기암이 병풍처럼 촤르르 펼쳐지고 뜨거운 태양이 빛을 뿜낸다. 옳지, 지금이다. 단식할 때 배운, 태양을 향해 서서 팔을 이마께에 올려 합장하고 눈을 감아 호흡하며 명상법도 따라 해보았다. 자못 경건하게 실세는 아무 생각도 인 힌. 오르고 오르다 보니 어느새 평평한 평야가 좌악 펼쳐졌다. 하늘도 보고 구름도 보며 기다리던 선화랑 만나 등산객 포즈 사진도 찍고 그제서야 나란히 이야기 동무로 걸었지.

저 멀리 백록담 정상이 있는 오름이 위엄있게 자태를 뽐내고 어느새 1100고지!! 1100고지가 어디 노고단 정상인 양 하늘을 찌르는 기쁨의 세리머니를 하며 찰칵. 하산 길, 후들거리는 무릎은 어쩔 수 없었지만 쏜살같이 내려왔지. 오늘 나에게 영실을 허락한 신령님과 선화에게 감사한 마음 가득 안고 단풍 든 영실을 기약하였다.

겨울도 그랬다. 벼르고 벼르던 겨울 산. 1월 말, 생애 첫 학술지 논문 투고를 하자마자 "선화야, 영실 갈까?" "내일 새벽에 봐요 언니." 폭설이 쏟아질 거라는 일기예보가 있어 허락된 만큼만 가보자 하고 겨울 새벽 산을 만났다. 선화는 늘 그 자리에 있으므로. 선화가 있어서 가능했다. 신령이 내려오신 듯 안개 자욱한 영실 병풍 기암은 볼 때마다 경외감이 든다. 얼었다 녹았다를 반복하며 명태가 동태가 될 무렵 영실과 헤어졌다. 겨울 산은 코끝이 싸하고 쨍한 느낌이 참 좋다. 몇 달을 꼼짝 않고 책상에만 앉아서 뭔가를 하고 싶어서 벼르며 몸이 근질근질했었는데 싹 풀렸다.

벗을 잘 만나야 된다는 옛말이 딱이다. 벗을 잘 만나 겨울 새벽 산의 매력을 알았고 여름 새벽 한라산의 상쾌함

을 생애 처음 알았다. 나도 선화에게 뭔가 좋은 영향을 주
는 벗이고 싶다. 갑자기 바뀐 생활에 적응하느라 한라산
은 생각도 못 하고 두 계절을 보냈는데, 보고 싶다 새벽 영
실, 그리고 선화도.

ㅂ신으로부터

#05 이름이 같다

오늘도 변함없이 내가 좋아하는 한라산 영실코스를 오른다. 그것도 진짜 '영실'이라는 이름을 가진 그녀와 함께. 그래서 더 신이 났다. 그녀와의 인연도 더듬어보면 한 편의 영화 같다. 십여 년 전, 참꽃도서관에서 '아티스트웨이' 프로그램을 처음 시작할 때였다. 그녀는 첫날 와서 인사만 하고 개인 사정으로 함께 못 할 것 같다는 얘기만 남기고 사라졌다. 그 뒤로는 연락도 없이 지냈었다. 그러다 다시 인연이 되어 만나기 시작한 지도 벌써 십 년이다. 그녀를 떠올리면 '정직과 성실'이라는 단어가 생각난다. 그냥 딱 그런 사람이다. 뉴스킨 제품으로 사업을 하고 있는 그녀는 그녀 자체가 브랜드다.

그녀는 제품을 통해 알게 되었지만, 제품을 떠나 그녀에 대한 신뢰와 확신이 더 크다. 언젠가는 나도 그녀와 뉴스키너로서 활동을 하고 있을지도 모르겠다. 난 이미 뉴스킨 마니아니까.

영실 씨를 데려와서 그런지 날이 조금 흐렸다. 한라산이 진짜 영실이를 질투하는 표현방식인지도 모르겠다며 혼자 웃어 본다. 그래도 적당한 흐린 날씨는 오히려 걷기에 더 좋았다. 에너지음료를 먹고 올라온 우리는 한 번의 쉼도 없이 정상까지 올랐다. 천천히 얘기하며 오르니 힘들지도 않았다. 바람이 조금 불어서, 가져간 비옷을 입었다. 걸을 때마다 사각사각 소리를 내는 비옷마저도 음악소리처럼 느껴졌다. 이렇게 걸을 수 있음에 늘 감사하며 다시 한번 '제주라서 고마워!'를 나즉하게 뱉어본다.

한라산 영실을 선물해준 고마운 언니에게

일 년 동안 부지런히 걸어 제주 올레 425km 26코스를 모두 완주하여 명예의 전당에 이름을 올리시더니 다음 행보로 바로 한라산으로 향한 멋진 언니.

어느 날 산행 데이트 톡을 받고 잘 오를 수 있을지 걱정도 됐지만 설레는 맘으로 콜을 외쳤지요.

얼마 만인지, 그동안의 세월이 주마등처럼 스쳤네요. 20대에 회사 다닐 때 매주 갔었던 기억이 있는데 벌써 20년이 흘렀어요. 어쩌면 언니의 연락을 기다리고 있었는지도 모르겠어요.

가기 전날 밤 설렘으로 밤새 뒤척이다 알람도 울리기 전에 눈이 떠져서 새벽 일찍 집을 나섰지요.

영실로 오르는 한라산. 내 이름이라 괜히 친근한 영실, 왜 이제야 왔는지 모르겠어요.

나의 영실, 산 입구에 도착하니 보슬보슬 빗줄기가 우리를 먼저 반겨주네요. 우의를 챙겨 입고 드디어 출발.

마음은 이미 도착지에 가 있었답니다. 어미새를 따라가듯 언니를 따라가는 길, 언니는 든든함 그 자체였지요.

능숙한 안내자의 포스, 산은 이미 언니 편인 듯했어요.

빠른 언니를 따라가며 체력도 더 단단해진 느낌!!

산 동반자로서 손색이 없음을 보이고 싶어 조금 더 힘을 냈던 것 같아요.

산의 절경에 감탄하며 사진으로도 남기고 가슴에 차곡차곡 저장해 두며 힘차게 한발 한발 내디뎌 해발 1700미터 지점 윗세오름에 도착했지요. 강산이 두 번이나 바뀔 세월인데 한라산의 빼어난 자태는 그대로였어요. 더 푸르러진 듯했어요. 직접 눈으로 가슴으로 담을 수 있어 얼마나 행복했던지.

이곳까지 데려와 준 언니께 다시 한번 감사하는 맘이었지요.

제주에서 나고 자라면서 백록담 정상을 아직 못 오른 아쉬움이 또 밀려왔고 꼭 숙제를 안 한 아이 같은 기분이 들었어요. 언니랑 함께 정상 등반도 꿈꾸며 아쉬운 맘을 뒤로하고 내려왔지요.

사뿐사뿐 구름 위를 걷듯 가벼운 발걸음으로 오르고 내려온 산길, 오래도록 잊혀지지 않을 거예요.

곧 함께 한라산 정상 백록담을 보러 갈 날을 기다릴게요. 고마워요.

영실로부터

#06 바람에서 파도소리가 나다

새벽의 어둠을 뚫고 영실 제2주차장에 도착했다. 차에서 내리는 순간 심상치 않은 바람이 느껴졌다. 점퍼의 지퍼를 목까지 채우고 스틱과 운동화 끈을 다시 한번 점검했다. 큰 나무도 휘청거릴 정도로 바람이 세차게 불었다. 나무가 바람을 만나면 파도 소리가 나는 것을 올레길을 걸으면서 알게 되었는데, 바람이 세게 부니 거친 파도 소리가 나는 것 같았다. 그래도 숲속으로 들어가니 나무들이 바람막이가 되어 주었다. 같이 간 동생은 이런 바람과 안개는 처음이라며 무서워하였다. 오를수록 안개가 짙어서 앞이 잘 보이지 않았다. 안개도 안개지만 바람까지 가세해 몸 전체가 휘청거릴 정도였다. 한 여자분은 계단에 주저앉아 밧줄을 잡고 계셨다. 그 밧줄을 잡지 않으면 진짜 날아가 버릴 것만 같았다. 바람이 잦아들길 기다리는 것 같았는데, 쉽게 수그러질 바람이 아니었다.

같이 간 동생과 서로 의지하며 우린 마치 바람과 싸워 이기려는 사람처럼 맹렬히 앞으로 나아갔다. 제주의 강렬하고 세찬 바람 덕분에 정신이 하나도 없었다. 그냥 앞만 보고 걸을 뿐이었다.

선택할 수 있는 다른 방법이 없었다. 무슨 정신으로 윗세오름까지 왔는지도 생각이 나지 않았다. 뒤에서 밀어주는 바람이면 고마운데 오늘의 바람은 앞에서 부는 바람이라, 그 바람을 밀면서 나아갈 수밖에 없었다. 그래도 인증샷은 놓칠 수 없으니 산발한 머리를 하고서는 사진을 찍었다. 이런 우리를 보고 혹자는 미쳤다고 할지도 모른다. 그럼에도 불구하고, 내가 산을 오르는 이유는 그냥 이 모든 것이 좋으니까. 맑으면 맑은 대로, 흐리면 흐린 대로, 바람 불면 부는 대로, 비가 오면 비 오는 대로, 자연을 그대로 받아들이며 그 속에 있는 무한히 작은 나를 한없이 위로하며 또 격려하며. 걸을 수 있는 그날까지 나의 한라산 사랑은 계속될 것이다.

선화 언니에게

마른장마가 끝나고 매일매일 폭염으로 지친 요즘.

작년 가을 다녀온 한라산이 생각납니다.

가을이 시작될 무렵 언니와 함께 다녀온 윗세오름은

저의 다이어트 의지를 활활 불태워주었죠.

여름 내내 무거워진 몸을 이끌고 한라산을 오르며

게으르고 나태했던 생활을 후회하며 힘들게 오른

정상에서 나눠 먹었던 음식은 얼마나 맛있었던지요.

영실코스에서 한눈에 내려다보이는 제주의 아름다운 풍
광에

감탄하며 제주에 사는 것이 얼마나 행복이고

축복인지도 새삼 다시 깨달았어요.

물론 계단지옥은 힘들었지만 언니가 오래 기다려주고

함께 걸어가 줘서 묵묵히 따라갈 수 있었답니다.

그 후에 저는 제 지인들과도 한라산을 세 번이나 더 다녀
왔어요.

한라산은 각 코스마다 다른 풍경과 분위기로 가도 가도

매력이 넘치는 산이에요.

언니도 많이 많이 다녀오셨죠?

하지만 더 큰 날을 위해 잠시 쉬어가야 할 때.

슬퍼하지 말고 지금의 쉼도 즐기시기를 바라보아요.

작년처럼 가을이 시작될 무렵 또 함께 오를 수 있기를.

늘 긍정 마인드와 열정적인 에너지로 주위를 환하게

밝히는 우리 선화 언니.

언니의 오늘과 그리고 내일을

항상 응원합니다. 파이팅!

선영으로부터

#07 길동무

　한라산 영실코스에 중독된 지 6개월이 흘렀다. 그 고운 길에 동갑 친구 경희가 함께했다. 책모임으로 인연이 되어 지금은 일주일에 한 번은 꼭 만나게 되는 사이가 되었다. 여행을 같이 가게 되면 평소에 몰랐던 그 사람의 모습을 알게 된다. 그래서 여행을 같이 갔다가 잃게 되는 사람도 있고, 진짜 내 사람이 되기도 한다. 그중 후자가 바로 내 친구 경희다. 문학기행을 갔다가 서로를 더 잘 이해하는 계기가 되어 마음을 나누는 친구가 되었다. 내가 가는 한라산을 같이 가고 싶다고 노래를 부르더니, 드디어 20년 만에 제주도 토박이 경희가 산을 오르게 되었다. 오랜만에 오르는 산이라는 게 믿기지 않을 정도로 속도도 적당했고 쉼 없이 곧잘 올랐다.

　그런데 나중에 들어보니 힘들어하거나 잘 못 따라가면 내가 다음에 같이 가자고 안 할까 봐 죽을힘을 다해 걸었단다. 그 다음 날부터 며칠 동안 절뚝거리며 다녔다는 얘기를 듣고 웃음도 났지만 괜스레 미안한 마음도 들었다. 이렇게 늘 남을 배려하는 친구다. 나보고 맨날 배려 잘하고 좋은 걸 나누는 친구라고 말하지만, 정작 본인이 그런 사람인 것이다. 요즘 우리는 휴식의 시간을 갖고 있다. 이 시간이 끝나면 경희와 나는 새벽에 만나서 또 가열차게 영실코스를 오를 것이다.

내 친구 선화에게

주말이면 비가 오는 날 빼고는 한라산 영실코스를 올라갔던 선화! 갈 때마다 느낌이 다르다며 극찬하고 사진을 보여주며 나도 한번 도전하게끔 했지!
너와 함께 한 새벽 산행이 20년 만에 한라산을 오르는 거여서 지금도 기억이 생생하다.
새벽공기를 느끼게 해주었고 상대방에게 보조를 맞춰가며 잘 올라갈 수 있도록 해주었지.
저질 체력이었던 내가 네 덕분에 3시간 만에 왕복할 수 있었다.
자연의 아름다움과 고마움을 알아차리게 해주었고, 또한 올레길도 같이 걸으며 올레길의 묘미도 알게 되었다.
영실 모습과 백록담의 천지 모습도 영상과 사진으로 보내주었을 때 같이 가진 못했지만 대리 만족할 수 있었다. 평소 좋은 것을 주변 지인들과 함께 나누는 너의 모습에 선한 영향력을 느낄 수 있었다.
같이 있으면 너의 좋은 에너지를 느끼게 되어 나도 같이 에너지를 받는 느낌이다.

책을 좋아하고 글도 잘 쓰고 상대방 고민에 공감도 잘 해 주는 친구.

혼자 있는 시간도 오롯이 잘 즐길 줄 아는 친구.

너랑 좋은 인연을 맺게 된 건 나의 행운이야!

고맙다 친구야. 앞으로 건강 잘 챙겨서 네가 좋아하는 산행 맘껏 즐기면서 살기를 바란다.

그 산행길에 나도 종종 함께할게.

경희로부터

#08 인연

탐라도서관 글쓰기 수업을 함께 들으며 십 년 이상 소중한 인연을 이어온 추자도가 고향인 그녀. '언니, 언니.' 하며 날 무척이나 따르며 좋아했던 동생. 그래서 더 마음이 가는 사람 중 한 명인지도 모르겠다. 서로의 바쁜 일정 탓에 한동안 안부만 묻다가 드디어 새벽 산행을 함께하게 되었다. 작은 체구에 어디서 그런 힘이 나오는지 자녀 셋을 키우며 글도 열심히 쓰고 일도 똑 부러지게 하면서 자신만의 색깔로 하얀 도화지를 차곡차곡 채워나가는 모습이 대견하고 예뻤다. 그런 그녀와 새벽 영실코스를 올랐다.

늘 그렇듯 병풍바위 근처에서 찬란한 해가 떠올랐고 잠깐 멈추어서 그 감동의 순간을 나누었다. 글 쓰면서 힘들었던 점도 나누고 현재 가장 맘 쓰고 있는 것이 무엇인지, 앞으로 무엇을 하며 어떻게 살고 싶은지를 얘기했다. 서로의 꿈을 진심으로 응원하며 우리는 윗세오름에 도착했다. 투명하고 파란 하늘도 오늘만큼은 우리 편인 것 같았다. 충만함으로 서로를 가득 채우고 내려오는 하산길엔 구름도 친구가 되어 우리를 종종 따라왔다. 그래, 이렇게 각자의 삶을 열심히 살다가 한라산에 또 오르자고 다짐해 본다.

선화 언니에게

선화 언니와의 인연은 십 년이 훨씬 넘었다.

지성을 갈구하는 언니를 도서관에서 처음 보았을 때, 빛나는 눈빛이 단단한 짱돌 같았다. 그런 언니와 오랜만에 가을 영실을 오른다. 새벽 5시, 조용한 올레에 시동이 걸리고, 언니와 약속한 한라수목원 주차장을 향했다. 주변에 열정적인 사람이 있다는 건 좋은 기운을 준다. 언니가 아침 등산을 가자고 했을 때 흔쾌히 '예스'라고 했다. 리더십과 추진력이 강한 언니를 오래도록 봐 왔기에 믿음과 신뢰가 갔다.

내가 도착한 시각에 언니의 자동차 라이트가 주차장을 들어선다. 난 언니 차에 올랐다. 우리의 발걸음에 아직도 꿈속인 숲이 주춤주춤 어둠을 밀어낸다. 아마 저 깊은 어느 곳에서 아침의 태양을 준비하고 있겠지. 영실은 기암절벽과 단풍이 수채화처럼 눈을 빛나게 한다. 아침 햇살 무지개가 영실 골짜기에 다리를 그려 놓았다. 숨 소리도 내지 않고 앞을 오르는 언니의 두 다리가 기둥 같다. 난 숨을 아끼며 언니의 두 다리만 보며 올랐다.

우리가 이른 새벽 준비한 등산인데도 그만큼이나 부지런한 이들이 앞질러 가고, 또 뒤따라 오르고 있었다. 저 사람들은 어떤 마음으로 이 산행을 한발 한발 채울까 궁금해졌다. 아스라한 하루하루에 대한 희비를 고민하며 해결하고자, 아니면 자연을 만나 스스로를 다시 맑고 투명하게 하려는 새로운 의지가 아닐까? 아마도 나처럼…. 윗세오름 쉼터를 향해 오르는 데크 주변은 드넓은 초목평야가 시야에 들어온다. 향긋한 산자락이 머릿속을 가득 채운다. 언니와 난 각자 준비해 온 간식과 김밥으로 배를 채웠다. 언니의 또 한번 인증샷이 무지개 끝에서 우리 등을 쓰다듬는다. 난 언니가 신기하다. 어떻게 매일매일 한라산을 만나고 제주의 올레를 만나며, 일, 가족을 다 소화하는지…. 언니가 가끔 전하는 관심과 애정이 나를 미소 짓게 한다.

김선화 힘내라! 당신은 뭐든 해낼 수 있을 것 같아!!!

난 언니의 등에 인사를 보내며 푸르른 하늘에 한껏 두 팔을 벌렸다.

미애로부터

#09 한라산 둘레길

그녀를 만난 건 2020년 가을, 설문대사회적협동조합에서 '자기발견글쓰기'라는 프로그램을 통해서였다. 눈빛이 초롱초롱하고 목소리에 힘이 느껴져 참 싱그럽다는 느낌이 드는 친구였다. 〈2020 핑퐁시네마〉 탁구 소재 영화 시놉시스 & 캐릭터 피칭대회에서 수상을 하고, 목소리도 어디서든 톡톡 튀는 그녀 자신이 탁구공 같은 캐릭터였다. 그런 그녀와 2021년 새해에 첫 산행을 함께하게 되었다. 겨울 산행이라 아이젠과 스틱은 기본으로 챙기고 손난로와 뜨거운 음료 등 만반의 준비를 했다. 어리목 입구를 지나니 눈발이 조금 거세지더니 와이퍼의 속도가 빨라졌다. 길도 얼어 있었고 영실매표소까지는 무리일 것 같았다. 올라갈 때는 간신히 간다고 해도 내려올 때가 문제였다.

빠른 결정을 내려야 할 때다. 무리하게 강행하면 안 되겠다는 판단 하에 한라산 둘레길(천아숲길)을 걷기로 했다.

입구에 차를 세우고, 옷을 여러 벌 겹쳐 입고 아이젠을 장착 후, 우리는 눈 위를 걸었다. 결이 고운 소프트아이스크림 위를 걷는 느낌이 이럴까? 한발 한발 귀한 걸음을 옮기며 입에서 나오는 입김조차도 차갑게 느껴지지 않는 것이 숲속이 주는 포근함에 푹 빠졌다. 상대방을 기분 좋게 해주는 상큼한 미소를 장착한 그녀와 까르르 까르르 예쁜 웃음을 길 위로 뿌리며 2021년을 활기차게 걸었다. 한 시간 정도 걸었더니, 몸이 살짝 얼었다. 하가리에 있는 고즈넉한 카페에서 언 몸을 따뜻하게 녹여 줄 대추차 한잔을 함께했다. 우리의 2021 첫 산행은 벌써 추억이 되어 대추차 위로 둥둥 떠다니고 있었다. 차 한잔으로 몸을 데우고 나와 맞은편 붕어빵 가게로 향했다. 수제팥이 붕어빵 꼬리 끝까지 채워져 시골의 넉넉한 인심을 느낄 수 있었다. 대추차와 붕어빵으로 마음과 몸이 훈훈하게 데워져 2021년 1월이 행복하게 열렸다. 겨울 산행의 매력을 제대로 느끼고 온 기분 좋은 출발이었다.

선화 쌤에게

언젠가 설명이 필요한 밤, 그녀는 대답을 해줄 것만 같은 사람이다. 한라산의 넓은 마음을 포용과 겸허함으로 헤아리는 그녀.

김선화 당신을 2020년 아티스트웨이 책 한 권으로 스승과 제자로서 만났다.

많은 것을 지닌 듯한 충만함과 배려심, 침착하고 친절하게 아티스트웨이 개요와 실천 방향을 잘 설명해주셨다.

한 주 한 번 아티스트웨이를 함께했고, 그동안 조용한 가르침을 주고 계셨다.

2021년 새로운 시작 노선에, 첫 산행을 함께했다.

1월 6일 보슬보슬 내리는 눈길 속, 새벽녘 운전대를 잡고, 조심히 거북이 운전을 시작했다.

사실, 눈길이 미끄러울 듯한 염려도 있지만 어리목이 중산간 지대라서 같이 출발하는 선화 쌤이 괜찮으실까 걱정도 하게 되었다

설왕설래하며 괜히 초조했던 내 마음은 설원 속 눈과 함

께 다 녹아내리기 시작했다. 사실 김선화 쌤은 한라산을
매일 산책도 가능한 산의 정기를 타고난 산악인의 증거
다. 일주일에 한 번은 산에 간단 말을 듣고, 그 놀람은 이
루 말할 수 없다.
대설주의보가 있어서 어리목에서 출발하지 못하고 한라
산 둘레길을 걸었다.
혼자 왔으면 그냥 눈 속만 걸으며 아무 감흥이 없을 수
도 있다.
그날 유난히 둘레길 한 걸음 한 걸음 즈려밟을 때마다 충
만감으로 산행을 하는 듯했다. 그 시간 속 정말 의미 있는
느낌의 사람이었다.
둘레길을 마치고 제주시로 넘어오면서 청명함 가득한 시
골책방과 붕어빵의 기쁨은 아직도 기억 속 뇌리에 선명
하다.
《사람이 흐르다》라는 소중한 그녀의 작품집과 함께 나 또
한 그녀와 내면적인 연대를 느끼고 있다.

그녀는 산의 운명과 함께 산을 포옹하고 산의 물음과 해답을 길 위에서 찾고, 그에 대한 답을 끊임없이 실천하고 계셨던 거다.

2021년 신년 산행 동안 함께 걷는 동안 말이 필요 없었다.

침묵만이 조용히 내 마음을 어루만져 주고 있었다.

언제든 '내가 누구?' '내가 필요한 건 무엇?'이라고 물어봤을 때 서슴없이 일깨워 줄 수 있는 사람.

아티스트웨이 12주를 몸소 실천하며 보여주는 사람.

혹시라도 지체되거나 이행을 못 했을 때에도 왜 그랬는지 이유를 묻지 않고 조용히 마음으로 북돋아 주는 사람.

아는 것을 다 안다고 표현 안 하는 사람.

다 내비치지 않아도 그 안이 선량함으로 다 보이는 사람.

어떠한 연예인과 특정의 사람을 마음으로 좋아하고 그 진심과 이유가 정확한 사람.

그 사람이 바로 김선화라는 사람이다.

부끄럽지 않도록, 후회하지 않도록, 오늘도 그녀는 길 위를 걷고 있다.

그녀가 내게 손을 내밀 때 전해줄 수 있는 따뜻함이 함께

일렁이길 바라며 함께 걸을 날을 손꼽아 본다.

수희로부터

#10 청출어람

정자 쌤은 학생상담자원봉사자회에서 만난 분이다. 한라산 영실 코스를 나와 함께 제일 많이 올랐던 분이기도 하다. 그래서 어쩌면 속 얘기를 가장 많이 나눈 사람이기도 하다. 선생님의 첫인상은 단정했 다. 상담 나갈 학교를 배정받고 리더였던 나에게 도움을 청했던 선생 님. 커피숍에서 차가운 커피 한잔을 마시며 궁금했던 것들을 하나하 나 물으셨다. 컵에 맺힌 이슬만큼 세심한 질문들을 조심조심 말씀하셨 다. 조용조용하면서도 열정이 참 많은 분임을 알 수 있었다. 산을 오를 때도 마찬가지였다. 오늘 끝까지 갈 수 있으려나 걱정이 될 때도 있었 다. 그래도 힘든 내색 한 번도 하지 않고 묵묵히 올라서는 윗세오름에 서 인증샷을 찍으시는 분이다.

꾸준히 등산을 하신 덕분에 체력도 많이 좋아지셨다. 선생님은 다 내 덕분이라고 하지만, 결국은 걸어서 두 발로 오른 분은 본인이니 본인의 덕이다. 나도 선생님과 산행할 수 있어 좋았다. 새벽 산행을 꾸 준히 다니기란 쉬운 일이 아니다. 산에 입문시킨 내 1호 산제자라고 당 당하게 말할 수 있다. 이젠 아마 나보다 더 등산을 잘하실 것 같다. "선 생님, 같이 가요." 하면서 내가 뒤에서 정자 쌤을 부를지도 모르겠다.

나의 길동무 김선화 선생님에게

우리의 인연은 2019년 6월부터였나요?

도리초 집단상담을 하면서였던 것 같아요.

선생님의 적극적인 성격 덕에 낯가림이 심한 나도 마음을 열게 되었죠.

쉼이 필요한 주말을 핑계로 유일한 마음 달래기로 함께 동행한 그 길들을 걸었어요.

코로나로 힘든 시기였지만 그래서 더 행복했었던 그 길들이 생각이 납니다.

그 후 올레 2코스를 시작으로 올레 3코스도 함께 걸었던 것이 첫 동행의 시작이었죠.

날씨도 적당히 좋았고, 중간에 비가 살짝 내리긴 했지만, 잠깐 쉬면서 바다를 보며, 잊었던 서로의 은사님 얘기로 꽃을 피웠던 날 등,

서로의 삶을 돌아보는 추억 하나 새기게 되었어요.

마음으로 영웅이 팬인 우리가 공통점을 찾고 이벤트에 응모해서 되면 같이 가잔 약속도 했어요.

영웅이가 광고하는 바리스타커피도 같이 마시면서 인증샷도 날렸죠. 생각만 해도 웃음이 납니다.

올레길 부어는 삼시 미뤄누고, 삭년 여름부터인가! 심농무를 자처하며 동행한 한라산 영실코스.

다섯 시 반에서 여섯 시에 출발하면 왕복 3시간이면 충분하다고 말하던 선생님.

눈 비벼가며 처음 영실 가는 날은 늦잠을 자서 내가 늦어버렸고,

그 이후로도 우리의 약속 시간은 항상 늦어져 쌤은 당황해서 말 못 한 순간들이 스쳐 지나갑니다.

이젠 새벽 5시면 저절로 눈이 떠진다지요.

한라산 영실코스를 오르면서 나의 저질 체력은 급속도로 좋아져 그 흔한 감기 한 번 없이, 작년 겨울에는 입었던 내복도 벗어두게 되었답니다. 쌤 덕인 거 아시죠?

그 체력을 길러 우린 영남 알프스산 투어를 계획했죠. 결국엔 못 가게 되는 불상사가 있었지만요.

내년엔 1순위로 가자 하고 다음을 기약하는 아쉬움을 한숨으로 날려버렸었죠.

선화 쌤!

각자의 삶에서 서로를 응원하면서 살아가봐요.

같이 걸어줄 누군가가 있다는 것만큼 따스한 것은 없는 것 같아요.

좋은 인연을 만난 나는 축복입니다, 고맙습니다.

함께했던 추억을 간직하며 아프지 말고 건강하게 오랜 친구로 남아요.

그렇게 길 위를 흘러가봐요.

정자로부터

#11 브라보 라이프

고운 사람과 길 위를 흐르는 것만큼 기분 좋은 일은 없을 것이다. 가이아치유센터에서 타로수업을 함께 하며 만났던 정혜 씨. 〈가슴의 소리〉 프로그램에서는 내면 작업을 하는 것이라, 짧은 만남이어도 서로의 속내를 알 수 있는 시간이 많아서 금세 가까워졌다. 참 반듯하며 맑고 결이 고운 조용조용한 친구였다. 올해 3월 영실코스를 함께 오르며 부쩍 가까워졌다. 정혜 씨를 떠올리면 '외유내강'이라는 단어가 제일 먼저 떠오른다. 겉으로는 온화하고 부드러운데 내면은 열정과 에너지로 가득 차 있는 느낌. 그 에너지와 열정들이 조금씩 조금씩 생활 속에서 발휘되고 있다. 쉽게 말을 놓지 못하는 나에게 '언니'라고 부르라며 친근하게 다가온 그녀. 용기 내어 한 말일 텐데 쉽게 말이 놓아지지는 않았다. 그렇게 우리는 조금씩 가까워졌고 새벽 산행도 함께 하게 되었다.

입구에서부터 시원한 계곡물 소리를 들으며 초록 세상 속으로 들어갔다. 간만의 산행이라고 하더니 곧잘 따라오는 정혜 씨를 뒤돌아 보며 계속 앞으로 나아갔다. 길 옆으로 아직 녹지 않은 눈들이 조금씩 쌓여있기는 했지만, 위험한 정도는 아니었다. 중간중간 챙겨간 간식도 먹고 쉬어가면서 윗세오름에 도착해서는 인증샷도 남겼다. 3월이어도 산은 산이라 옷을 잘 챙겨 입고 온 것이 다행이었다. 3월은 겨울과 봄의 중간 즈음이라고 생각하고 옷을 준비해야 할 것 같다. 빨갛게 단풍이 들면 또 오자고 약속을 하며, 우리는 신중하게 하산을 했다. 영실 병풍바위가 빨갛게 물들면 맛있는 김밥 사가지고 또 오자며 웃었다. 그때는 내가 먼저 "정혜야, 산에 가자." 하고 말을 놓을지도 모르겠다.

선화 언니에게

언니와 나와의 인연이 시작된 지 벌써 1년을 훌쩍 넘기
고 있네요.

작년 5월에 올레길을 함께 걷자고 내게 제안했을 때 낯을
많이 가리던 내가 망설임 없이 선뜻 따라 나섰던 생각이
나요. 이유를 생각해보면 아마도 언니가 편안하게 느껴져
서 흔쾌히 함께 걸었던 것 같아요.

5시간 이상 함께 걸으면서 이런저런 얘기를 나누면서 서
로에 대해 조금씩 알게 되고 친밀해진 느낌이었어요.

그리고 올해 3월 한라산에 함께 가자고 말해서 이른 아침
에 영실로 향하게 되었죠.

오랜만의 산행이라 거친 숨을 헐떡거리면서 언니의 뒤를
부지런히 따라갔죠. 언니는 한라산을 마치 동네 뒷산 오
르듯 가볍게 오르는 모습이 참 멋있었어요. 역시 산을 좋
아해서 산행을 즐기는 것이 느껴졌어요.

뒤처진 나에게 응원의 말을 건네며 재촉하지 않고 기다려
준 배려심 많은 언니가 참으로 고마웠어요.

한발 한발 산을 오르면서 초록의 싱그러움과 풀 내음, 청명한 물소리가 마음의 평온함을 주었어요. 오를 때마다 다른 얼굴을 보여주는 신비로운 한라산에 그날도 감탄했어요. 덕분에 소중한 자연의 선물들을 감사히 받는 시간이었어요.

지금은 언니의 무릎관절이 좋지 않아서 산행을 쉬고 있지만 치료받고 관리하고 있으니 곧 좋아지리라 믿어요.

그러면 그때는 제가 먼저 한라산에 가자고 말할 거예요.

앞으로도 우리의 소중한 인연이 계속되었으면 좋겠어요.

언니도 저와 같은 생각이길….

내면의 창조성을 함께 찾아가는 인생의 친구로 함께하길 바라요.

하루하루 충실히 열정적으로 살아가는 언니의 모습은 늘 나에게 동기부여와 자극을 준답니다.

내 인생의 멘토~

언제나 언니가 건강하고 행복하길 응원합니다.

브라보 라이프~~

정혜로부터

#12 네가 있어 다행이다

영남알프스 산행이 코로나로 취소되고, 함께 가기로 한 선생님과 영실을 찾았다. 동행하기로 한 선생님도 프로그램이 취소되기 전에 갑자기 교통사고가 났다. 이상하게 그 선생님은 영남알프스만 가기로 하면 크고 작은 일들이 발목을 잡는다고 했다. 모든 일에는 다 이유가 있는 법. 큰일을 당하지 않으려고 작은 일로 액땜을 하는 것이라는 생각이 들었다. 어렵게 구한 산행 벗이었는데 혼자 갈까 말까 고민도 많았었다. 그러다 혼자라도 가자고 결정을 했고, 혼자이기에 더 집중해서 훈련을 했던 것 같다. 그런데 공식적으로 프로그램 자체가 전면 취소되었다. 마음은 오히려 더 편안해졌다. 영남알프스는 내년에 꼭 같이 가자고 약속했고, 한라산을 더 집중적으로 오르자고 했다. 그래서 우리는 거의 일주일에 한 번 한라산 영실코스를 오른다. '영실, 네가 있어서 얼마나 다행인지 몰라.'를 외치며 우리는 오늘도 산으로 향한다. 모든 일이 일어나는 데는 다 그만한 이유가 있는 법 - 겸허히 받아들이고 현재에 더 집중하는 시간을 가졌다.

행복바이러스 선화 쌤

한라산 영실을 자주 다닌다는 얘기를 듣고 '저도 한번 데려고 가주세요.'로 시작된 산행 친구 선화 쌤. 나는 산을 참 좋아했어요. 그런데 2년 전 한라산 관음사코스로 가다가 삼각봉대피소에서 체력 부족으로 하산하게 되는 일이 있었어요. 그 후로 산행은 생각도 못 하고 있었어요. 그런데 어느 날, 저를 다시 산으로 이끌어주신 고마운 사람이 나타났어요. 바로 선화 쌤이에요. 함께했던 첫 산행 영실코스. 정상에 도착할 때까지 호흡이 편안한 선생님을 보며 신기했어요. 어떻게 저렇게 산행을 편하게 할 수 있지? 그런데 이제는 알 것 같아요. '지속성'의 힘이었음을. 저도 선생님과 산행 가는 횟수가 늘어날수록 편하고 안정된 호흡이 되었어요.

쌤, 우리는 추억이 참 많지요. 영실 산행에 이어 제로포인트트레일은 제게 최고의 선물이었어요. 산지천 제로 지점부터 걸어서 백록담 꼭대기까지 가는 프로그램이었죠. 혼자라면 감히 도전할 생각도 못 했을 거예요. 빨리 오라고 재촉하지도 않고, 앞에서 묵묵히 기다려주는 선생님의 모습이 아직도 눈에 아른거립니다.

제로포인트트레일 끝나고, 일 년에 한 번이면 족하다고 생각했는데 벌써 다시 가고 싶은 이 마음은 뭐죠? 그런데 함께 갈 사람이 없어 선뜻 못 나서고 있어요. 저랑 함께 가 주실 거죠?

그리고 영남알프스 산행을 계획하고 기다리며 설레었던 기억도 있네요. 갑자기 교통사고가 나서 발목부상으로 산행을 함께 못 가게 되어 미안해하고 있었는데, 코로나로 선화 쌤도 못 가게 되었지요. 우리는 함께 가라는 신의 뜻이라며 다음에 꼭 같이 가자고 얘기했지요. 저랑 꼭 함께 간다는 약속, 지키세요. 교통사고 후, 발목이 괜찮은 지 테스트 차원에서 산행을 가자고 했던 저의 부탁도 흔쾌히 들어줘서 고마워요. 이렇게 한 글자씩 적어보니 우리에게 많은 추억이 있었네요.

쌤이랑 산행할 때가 가장 즐겁고 행복했어요. 빨리 건강해져서 어디든 함께해요.

사랑하고 감사해요, 선화 쌤.

진숙으로부터

#13 제로포인트트레일

한 달 만에 한라산 백록담을 다시 오른다. 영실코스 1100고지에서 출발하는 것이 아니라, 제주바다 해발 0m에서 시작한다. 한라산을 오르는 새로운 방법, 제로포인트트레일을 알게 된 후부터 나의 도전의식은 불타올랐다.

다녀온 지 얼마 됐다고 벌써?

그런데 이게 한 번의 도전을 해보니 또 가고픈 마음이 간절했다. 3월에 한 번 다녀와서는 가을쯤에나 도전해야지 했는데, 한 달쯤 지나니 또 몸이 근질근질대기 시작했다. 동갑내기 친구랑 사전준비를 철저히 하고 설레는 마음으로 맞이한 새벽은 3월의 그날과 비슷했다. 3시쯤부터 잠은 이미 달아났고 맘은 이미 정상에 도착해 있었다. 친구랑 도란도란 얘기를 나누며 산지천 해발 0m 지점을 출발해 동문시장과 시청을 가로질러 관음사 쪽으로 한발 한발 옮겼다.

3월엔 비가 와서 안개까지 끼어 몽환적인 분위기를 연출했는데 오늘은 날씨도 좋고 모든 것이 완벽했다. 중간중간 인증샷 찍는 미션도 재미있었다. 한참을 걷다가 신비의 도로 화장실에 휴대폰을 두고 와서 되돌아 뛰어갔을 때의 심정은 지금 생각해도 아찔하다. 휴대폰을 가지러 가는 동안 친구가 계속 전화를 걸어주었고 무거운 가방 2개를 앞뒤로 메고 가는 장면도 인상적이었다. 조금이라도 시간을 더 단축하

려는 모습과, 지쳐서 돌아왔을 때의 나를 배려하며 한 발이라도 더 앞으로 나간 친구의 모습에서 진한 감동을 받았다. 오래 안 친구인데도 잘 몰랐던 부분을 긴 시간을 함께 걸으며 하나씩 하나씩 알게 된 것이다. 역시 사람은 밥 먹으면서도 친해지고 걸으면서도 친해지게 되는 법. 친해지려면 함께 걸어야 한다.

절대 닿지 않을 것만 같았던 정상에 도착해 바람을 뚫고 인증샷을 찍었다. 날씨가 좋아서인지 백록담 정상에 관광객과 도민들이 넘쳐났다.

코로나로 거리두기를 하고 앉아, 가지고 온 김밥으로 멋진 풍경을 반찬 삼아 즐기고 다시 하산을 시작했다. 함께 간 친구의 다리에 무리가 와서 헬기를 부를 뻔했으나 모노레일을 타고 내려오기로 결정했다. 친구를 담당자분에게 인수인계하고 "선화야, 넌 도전을 계속해야 하지 않겠니?" 그 한마디에 잠깐 고민하다가 미친 듯이 달려 내려왔다. 4시간 30분 거리를 1시간 30분 만에 내려와야 하는 상황. 불가능에 도전해보고 싶은 무모함이 밀려왔다. 한번 도전해보기로 했다. 내려오다가 다치면 안 되니까 스틱 두 개에 온 마음과 정신을 모아 신중하게 내려왔다. 내 인생 최대의 몰입과 집중의 시간이었다. 무사히 하산을 하고, 고생한 두 발에게 휴식과 자유를 허락했다. 수고한 두 발에게 고맙고 미안했다. 한라산을 오르는 새로운 방법, 제로포인트트레일. 제주바다 0m에서 백록담 1947m까지 온전히 자신의 두 발로 한계에 도전하는 것이다. 경험해 본 사람은 나처럼 또 두드리게 될 것이다. 다시 세 번째 도전을 준비하며 두 다리를 아끼는 중이다.

진실은 늘 그렇게 바닥에 있었구나
웃음 뒤 감추어진 인자한 산의 표정
힘든 길 아픈 곳에서 나를 다시 만난다

한라산 가시바람 정통으로 맞았구나
가득 찬 근심 걱정 배낭 안에 담고 온 날
하산 길 가벼운 가방 일주일은 '맑음'이다.

- '한라산 이야기' 中에서

#14 오월의 눈꽃

봄바람이 살랑살랑 부는 5월이다. 가벼운 등산복 차림으로 동갑내기 인숙 쌤과 한라수목원 입구에서 만났다. 영실 입구까지는 차로 30분 정도 소요된다. 함께 간 선생님은 몇 년 만의 산행이라며 설렌다고 했다. 그 설렘이 옆에 있는 내게도 전해졌다. 입구에 도착해서 안전하게 주차하고, 접힌 스틱을 펼쳐서 한 걸음씩 한라산 속으로 걸어 들어갔다. 5월의 푸르름과 싱그러움이 우리를 두 팔로 안아주는 것 같았다. 1/3지점까지 왔을까, 계단 위로 살얼음이 얼어있었다. 처음엔 햇빛에 반사되어 그런 거려니 했는데 발이 살짝 미끌어졌다. 조금 전, 산뜻한 봄바람의 느낌이 아니었다. 지금 5월인데? 잘못 봤나? 눈을 다시 비비며 자세히 들여다봤고 정말 하얗게 살얼음이 낀 것이 맞았다. 5월의 봄, 이 산뜻한 봄에 겨울 한라산을 만나다니…. 한 걸음 떼는 발걸음이 아까와는 달리 조심스럽고 무거웠다. 미끄러질까 봐 더욱 힘을 주어 발걸음을 옮겼다.

살얼음으로 뒤덮인 나무계단 옆으로 꽃과 나무들에도 얼음꽃이 피어 장관이었다. 철쭉은 그대로 얼어 분홍 한지에 마감재를 바른 듯, 꼼짝도 하지 않았다. 바람이라도 불면, 꽁꽁 언 채로 옆으로 살랑살랑 꽃 전체가 흔들렸다. 함께 간 선생님은 사진 찍기에 바빴다. 5월에 만날 수 없는 풍경이기에 동영상과 사진을 찍으며 행복한 미소를 머금고 있었다. 역시 사진 솜씨가 좋은 선생님 덕분에 나의 인생샷도 건졌다. 우린 윗세오름에서 인증샷을 찍고 다시 내려왔다. 추워서 오래 머물 수도 없었다. 반팔 차림의 관광객들은 위의 상황을 전혀 모를 것이다. 우리도 예측하지 못한 상황이었으니까. 5월의 분홍빛 철쭉을 만나러 왔다가 꽁꽁 얼어버린 겨울 철쭉을 보는 경험을 하게 되리라. 봄을 만나러 왔다가 겨울 풍경을 만나게 된 셈이니, 관광객들에게는 특별한 선물이 되었을지도 모르겠다. 도민인 우리에게도 멋진 선물이 되었으니, 오늘은 기쁜 마음으로 흑돼지를 먹으러 가야겠지. 다이어트는 오늘 하루만 잊자.

선화 씨~

그냥 바람처럼 우연히 알고 지냈을 우리 사이…. 우연한
한라산 동행으로 더 돈독해진 것은 어느 화창한 따뜻한
봄날 5월, 한겨울의 눈을 경험한 한라산의 산행이 이어준
인연이 아니었는지.
치열한 삶에 치여 살다 보니 마음만 산에 있고 행동과는
점점 멀어지는 찰나, 함께 산행하자는 전화 한 통화에 덜
컥 새벽 산행을 나도 모르게 승낙을 하게 되었지요.
너무나도 오랜만의 산행이고 5월이라는 이유로 가벼운
옷차림에 물과 커피만으로 설레는 새벽을 맞이했지요.
영실로 올라가는 동안의 드라이브는 너무나도 오랜만에
맛보는 힐링이었답니다.
오랜만에 오르는 산행이라 숨이 턱턱 막히는데 한라산 지
킴이마냥 날아다니는 선화 씨의 움직임에 방해될까 조심
스러웠지요.
그렇게 힘겹게 오르면서 조금씩 익숙해질 찰나, 예쁜 눈
꽃들이 조금씩 보이기 시작하였지요.

5월의 봄에 눈꽃이라….

너무도 신기하고 행복해서 사진을 찍기에 너무나도 바빴고 영상을 찍어 지인들에게 보내주기 바쁜 산행이기도 했답니다.

잠시 후 추위가 몰려오기 시작하고 걸음이 빨라져 윗세오름 정상에서 몸을 녹이고 차를 마시는 시간이 특별하기까지 했답니다.

하산하는데 여유 있게 풍경을 보고 내려오고 싶은 마음은 많았지만 추위에 어쩔 수 없이 뛰다시피 내려왔지요.

너무나도 추운 몸을 녹이기 위해 선화 씨가 추천해준 단팥죽은 또 하나의 특별한 추억이었답니다.

저에게 너무나 특별한 경험을 준 선화 씨, 감사 또 감사해요~~

그 이후 다시 가보지 못하는 산.

선화 씨 몸이 괜찮아지면 조만간 또다시 특별한 경험을 만들어 보아요.

인숙으로부터

#15 새벽 영실의 산그림자

5월 29일도 올랐는데 같이 오르고 싶다는 벗의 말에 5월 30일 또 영실을 오르고야 말았다. 몸은 반백을 향해가고 있는데, 마음이 20대에 머물러 있으니 가능한 일이다. 타로 상담을 하면서 알게 된 친구인데 에너지가 좋고 매사에 긍정적이라 금세 친해졌다. 절친 한 명을 더 데리고 왔다. 둘은 새벽 산행이 처음이라 했는데 평소에 오름이며 올레 걷기를 많이 해서인지 곧잘 산을 탔다. 좋은 사람들과 걸어서인지 발걸음도 가볍고 날씨도 화창해서 더할 나위가 없었다. 누구도 흉내 낼 수 없는 하늘의 그림을 감상하며 한발 한발 정상을 향했다. 윗세오름에서 잠깐 사진을 찍고 남벽분기점도 한 번도 안 가봤다고 해서 더 걷기로 했다.

백록담의 남벽을 꼭 보여주고 싶었다. 우리 존재가 작아질 수밖에 없는 자연의 위대함과 웅장함을 나 스스로도 느끼고 싶었다. 철쭉이 삐죽삐죽 모습을 드러내고 있었다. 눈을 감고 분홍빛으로 뒤덮인 산의 모습을 상상했다. 남벽 앞에서 늦은 점심을 챙겨먹고 하산을 위해 다시 윗세오름으로 발걸음을 옮겼다. 걷다 보니 오늘 처음 만난 친구와도 오래전 벗인 양 마주 보고 웃게 되었다. 새벽 산행을 처음 해 본 두 친구는 다음 산행을 벌써 얘기하고 있었다. 새벽 산행이 주는 에너지를 듬뿍 받고, 드디어 나의 동지 두 명이 탄생하는 순간이었다. 영실

예찬론자로서 뿌듯했다. 누군가 남겨두고 간 메아리 소리가 여전히 귓가에 남아 맴도는 행복한 시간이었다.

새벽 영실의 산그림자

"와~! 멋져요 진짜! 저도 조만간 영실 고고!!"
늘 지켜보던 선화 쌤의 인스타에 올라온 영실예찬 피드의
사진 속 산그림자가 그날따라 그렇게 멋져 보일 수 없어
남긴 한 줄 댓글에 당장 날 잡자고 친히 전화를 주셨다. 아
침잠이 유난히 많은 나는 덜컥 겁을 집어먹고는 나는 진
짜 거북이 산행이라느니, 진짜 아침잠이 많아 자신이 없
다느니, 아이들 아침에 봐줄 사람이 없어서 안 될 것 같
다느니 구구절절 갈 수 없는 핑계를 만들어 댔다. 하지만
선화 쌤의 추진력과 격려에 용기를 얻어 출발을 결정하고
걱정 반 기대 반으로 이웃에 사는 언니에게 얘기했다. 언
니도 함께하고 싶다고 했다. 그렇게 결정된 3인의 산행은
바로 다음 날 토요일로 결정되었다.
내 평생 해안가에서의 일출도 한번 맞이해본 적 없건만,
그냥 새벽 기상도 아니고 새벽 기상 후 새벽 산행이라니,
그것도 설문대할망의 오백 아들들이 바위가 되어 지키
고 있는 한라산 영실코스란다. 아이들과 남편과 오후 산

행으로 몇 번 다녀본 길이라 익히 멋진 곳이라는 걸 알기에 욕심이 나기도 했다. 아무도 없는 캄캄한 새벽에 오르는 영실은 어떤 모습일지 궁금하기도 했다. 그래서 용기를 냈다.

토요일 아침 집을 나선 시간은 아직 달빛이 밝게 빛나고 있는 새벽 4시 30분. 그날의 일정은 새벽 산행을 이끌어 준 선화 쌤의 강력한 끌림에, 새벽 영실에서 나를 기다리고 있을 것 같은 설문대할망의 너른 품의 포근함 그리고 환한 달빛의 기운까지 더해져 기운차게 시작되었다. 새벽 5시 30분 영실 입구에 도착해서 본격적으로 산행이 시작되었다. 아직 조금 어두운 산속에 일찍 깨어난 산새의 노랫소리와 우리의 발걸음 소리만이 울려 퍼진다.

조용한 새벽 공기 속의 평온한 한라산의 기운이 다른 날보다 내 발걸음을 가볍게 이끈다. 이 새벽에 발걸음이 이렇게 가벼우니 내가 혹시 새벽형 인간이었을까? 하는 착각까지 하게 만든다.

자, 이제부터 진짜 시작이다. 어느덧 밝아진 산속에 영실기암이 보이는 고난이도의 계단 구간이 나왔다. 오르고 올라도 끝은 보이지 않고, 가면 갈수록 턱까지 숨이 차오른다. 나에게 하는 주문인지 함께 걷는 이들을 위한 하얀 거짓말인지 "다 왔다. 다 왔어. 저기 저 전망대까지만 가면 다 온 거야. 금방 도착이야."라는 말을 장난처럼 내뱉으며, 이런저런 이야기들로 걸음 걸음을 채워가며 올랐다.

가다가다 보니 하나의 풍경이 나의 시선을 잡았다. "선생님, 여기가 그 사진 속의 거기죠?" 나를 새벽 영실로 이끈 그 사진 속의 산그림자. 넓게 카펫처럼 펼쳐진 초록의 산등성이 위로 산 반대쪽에서 떠오르는 해를 받아 산그림자가 생겨 산 위로 산이 겹쳐졌다.

이 빛과 그림자가 나를 이곳으로 이끌었구나.

빛이 있어야 볼 수 있는 모습에 빛이 만들어낸 또 다른 모습의 그림자가 또 다른 조화를 빚어낸다. 빛과 그림자는 따로 존재하는 게 아니었구나. 내 그림자를 찾고 있는 나에게 빛의 반대쪽에 그려진 그림자를 볼 수 있는 지혜가 아주 조금 생긴 것 같다. 선화 쌤의 그 사진 한 장이 이 모습을 내 눈으로 직접 보고 온몸으로 느끼라고 이곳으로 나를 이끌었구나 싶다. 여기까지 내 손을 잡아 끌어준 선화 쌤의 손길에 감사함을 느낀다. 그렇게 만난 산그림자를 뒤로하고 한참을 다시 걸었다. 가파른 오르막길이 끝나니 산식들이 정성 들여 가꾼 듯 보이는 오솔길이 나온다. 그 오솔길 끝엔 김순이 선생님의 시 '선작지왓'이 나오고 그 길의 중간쯤 우리 아이들이 좋아하는 달고 시원한 물을 내어 주는 노루샘이 나온다. 그 아름다운 길들을 걸음으로 채우며 우리의 목적지인 윗세오름 대피소에 도착했다. 그렇게 새벽 달빛을 받으며 시작한 새벽 영실 산행은 따뜻한 아침 햇살을 받으며 따뜻하게 마무리되었다.

은정으로부터

#16 하산이 빠른 이유

아침 6시 30분 알람 소리에 온 가족이 눈을 비빈다. 가을 단풍이 곱게 물들었을 한라산에 오르기로 지난주부터 아이들과 약속했다. 배낭 속에는 땀 닦을 수건, 마실 물, 껍질째 씻은 사과 네 개가 오롯이 들어있다. 그리고 남편 손으로 한 주먹 가득 쥔 누룽지 사탕도 한켠을 차지했다. 중간휴게소에서 라면을 사먹기로 했다. 그래서 우리의 배낭은 비교적 단출했다. 성판악코스는 몇 번 올랐던 터라, 관음사코스에 도전하기로 했다. 한라산국립공원 관리사무소 앞은 각지에서 온 올레꾼들과 등산객들로 북적였다. 입구에서 신발 끈을 다시금 질끈 묶었다. 관음사코스 입구를 들어서는 가족의 눈매는 매서웠다. 아이들은 휴게소에서 라면 먹을 생각에 한발 한발이 걷는 게 아니라, 뛰는 수준이었다. 거의 주말마다 오름을 올라서 체력에는 문제가 없었다. 붉게 물든 단풍잎과 눈 맞추고, 노랗게 물들어 떨어진 잎은 황금 길을 열어주었다. 그 덕에 한두 시간은 쉼 없이 걸었다. 아이들은 점점 힘이 드는지, 대피소에 언제 도착하는지를 연신 물었다. 힘들 때마다 라면을 먹는 모습을 상상하며, 아이들이 내딛는 발걸음에는 힘이 들어가 있었다. 나 역시 마찬가지였다. 라면을 떠올리며 한발 한발을 힘겹게 움직였다. 나중에는 발이 거의 목각인형처럼 자유자재로 움직였다. 내 의지로 가는 것이 아니었다.

드디어 용진각 휴게소에 도착했다. 그런데 대피소에 휴게소는 없고, 터만 덩그러니 남아 있었다. 2007년 9월 7일, 태풍 '나리'로 인해 대피소가 쓸려가고 없는 것이었다. 용진각 대피소에서 라면 먹을 상상만 하면서 올랐던 우리는 급 허기를 느꼈다. 사과는 벌써 먹었고, 누룽지 사탕 몇 개만이 배낭 속에서 뒹굴고 있었다. 물로 허기진 배를 채우고 누룽지 사탕을 살살 녹여가며 한라산 정상을 향해 나아갔다. 정상 2km 지점을 남겨두고 하산하는 남편의 선배를 만났다. 아이들이 대견하다며, 배낭 속을 뒤적이더니 초코바 한 봉지를 건네주었다. 세상 그 어떤 것보다도 달콤하고 맛있는 초코바를 먹으며 남은 2km를 걸었고, 그 덕분에 한라산 정상에 오를 수 있었다. 삼삼오오 둘러앉아 김밥이며 달걀, 라면 등을 먹는 이들이 제일 먼저 눈에 들어왔다. 정상에 오른 기쁨도 잠시, 우린 배가 고파서 서둘러 하산을 해야만 했다. 정상에서의 인증샷 한 장만을 남긴 채….

　내려오는 우리 가족의 발걸음은 누구보다도 빨랐다. 지쳐있던 아이들도 다람쥐처럼 재빨랐다. 가인이는 눈앞으로 불판에 지글지글 굽는 고기가 보이고, 컵라면이 둥실둥실 떠다닌다고 했다. 한라산을 내려오는 발걸음이 누구보다 빠른 이유는 배가 고파서였다.

　3시간에 걸친 하산. 지금 아이들은 한라산 등정 인증서를 손에 들고 있다. 성취의 기쁨도 잠시, 우리는 식당으로 향했다. 가인이의 바람대로 불판 위에는 양념돼지고기가 노릇노릇 익어가고 있었다. 상추에 고기 한 점을 얹으며 우리는 다짐했다. 다음번엔 절대 관음사코스로 가지 않을 것이며, 배낭 속을 먹을 것들로 가득 채워오기로 말이다.

　아이들이 다음 산행 때 챙길 목록을 적는다. 초코바, 박하사탕, 초콜릿 등등. 누룽지 사탕은 목록에서 제외되었다. 늦은 점심 식사를 마친 후, 부른 배를 두드리며 집으로 왔다. 거실 시계 옆 벽면에는 한라산 완주 등정인증서 네 개가 붙어 있다. 내일이 되면 종아리가 아플지도 모르지만, 지금 우리 식구는 벽을 보며 웃는다. 한라산 단풍이 절정인 가을 초저녁이다. 배낭 위로 단풍잎 몇 개가 묻어와 새초롬히 웃는다.

엄마!

재빠른 다람쥐 같던 꼬마가 커서 체력도 약해진 데다 움직이기 싫어하는 스물하나의 성인이 되어버렸네요. ㅎㅎ
절물자연휴양림, 수목원, 올레길, 오름, 한라산 등
항상 도전하는 엄마 손을 잡고 여기저기 참 많이 다녔던 것 같아요.
덕분에 내 기억 속 어린 나의 모습은 웬만한 또래 남자아이들만큼이나 활기찼고, 학교 숙제로 내는 일기장 한 장 한 장엔 적을 거리가 참 많았어요.
흔치 않은 어린 시절 만들어줘서 고마워요.
그렇게 좋아하던 산행에 제한이 걸리고, 밤마다 근육통으로 힘들어하는 엄마 보면서 많이 걱정됐고 속상했어요.
내가 어떻게 해줄 수 있는 영역이 아니다 보니 더더욱요.
하루하루 잘 버텨줘서 고마워요.
나중에 엄마 근육통 괜찮아지고 나도 체력 더 길러서, 가방에 먹을거리 가득 담아서 한라산 정복 꼭 한번 더 해요!
그날을 기다리며 저도 밤마다 엄마랑 열심히 걸을게요.

가인으로부터

#17 두 달 만에 오르다

두 달 만에 한라산 영실코스를 올랐다. 아직 오르기도 전인데 손목에 찬 스마트워치의 심장박동수가 평소보다 1.5배는 빨랐다. 좋은 건 이리 숨길 수가 없나 보다. 참고 참았다 오르는 산이라 벅참이 말로 표현할 수 없을 정도였다. 일 년 동안 수없이 오갔던 길이라 날이 어두웠음에도 불구하고 길들이 선명하게 눈 속으로 들어왔다. 영실 입구에 도착해서 장비를 갖추고 올랐다. 비가 조금씩 내리고 있어서 비옷을 챙겨 입었다. 어두운 숲속으로 걸어가는 발걸음이 예전과는 달랐다. 한 걸음 한 걸음 정성을 다해 꾹꾹 밟았다. 다리를 아껴야 하기에 내딛는 걸음에 힘과 정성이 두 배로 실렸다. 진짜 한발 한발에 애정을 담아 기도하는 마음으로 걸었다. 날아서라도 갈 만큼 가벼운 발걸음이었지만 아끼고 아꼈다. 오늘만 오르고 그만둘 일이 아니기 때문에 더욱 신중하게 걸었는지도 모르겠다.

영실기암부터 바람이 예사롭지 않았다. 바람막이 점퍼를 다시 입고 모자를 쓰고 지퍼를 목 끝까지 채웠다. 먼저 다녀오신 아저씨께서는 위에 바람이 장난이 아니라며 하산하는 걸음을 재촉하셨다. 순간 내려가야 하나 하고 멈칫했으나, 오랜만에 온 산이라 쉽게 마음을 접을 수가 없었다. 10분 정도만 더 가면 윗세오름인데….

다시 옷깃을 여미고 앞으로 전진했다. 바람 소리가 귓속을 파고들고 우박 같은 비가 얼굴을 사정없이 때렸다. 돌아보니 함께한 선생님도 죽을힘을 다해 걸어오고 있었다. 자칫 마음이 약해질 뻔했으나 정상을 앞에 두고 발길을 되돌릴 수는 없었다. 바람도 오랜만에 산을 찾은 나를 격하게 환영해 주는 것만 같았다. 환영의 표현방법이 다소 거칠기는 했지만 말이다.

드니어 윗세오름에 도착했나. 산난히 인증샷을 찍고 내뉘소에서 뜨거운 차 한잔을 마시고 내려왔다. 하산길이 더 위험하므로 내딛는 발걸음에 더 힘을 실었다. 또 언제 올지 모르는 산이기에 지금 이렇게 온 것만으로도 벅찼다. 예전엔 마음만 먹으면 언제든지 올 수 있는 산이었는데 무릎에 옐로카드를 받고 나서부터는 산행이 쉽지 않다. 참 많이도 걸었다. 일 년 동안 40번 이상이라니~ 산에 대한 예의만 알았지 몸에 대한 예의를 갖추지 못했다. 빗소리가 잦아들었다. 함께 걸어준 쌤께도 감사드리고 경고받은 내 다리에게도 고맙다고 토닥토닥해본다.

좋아하는 걸 함께 즐길 수
있는 몇 안 되는 사람, 선화 선생님께

선화 선생님! 더운 날이든 추운 날이든 눈이 내리든 아랑
곳하지 않고 어느 순간 한라산 정상까지 오른 사진들을
SNS에 올려 사람들을 깜짝깜짝 놀라게 하는 당신. 한라
산이 마치 집 뒤에 있는 뒷산 산책로마냥 SNS 사진첩에
그리 많이 등장할 줄은 몰랐으니까요.
나도 저렇게 산에 중독되었으면 좋겠다 하고 생각한 적이
있었는데, 같이 벗하고 올라가자고 할 때마다 다른 사람
들한테는 안 하던 거절을 고민도 하기 전에 늘 "아니요.
운동 좀 하고 그때 같이 갈게요." 하고 거부했었죠. 왠지
따라잡지 못할 것 같은 느낌이랄까.
지난 주말엔 먼저 전화가 와서 무릎을 다친 후 한 번도
못 가고 그리워만 했었던 한라산에 가보려 한다는 얘기
를 듣고 당연히 도와드려야지 하는 생각이 들었어요. 그
래서 테이핑을 해드려서 괜찮을 거라 생각은 했는데 그토
록 아침잠 많고 힘든 고생하기 싫어서 움직이지 않으려고
했던 내가 그날따라 뭐에 씌었는지 먼저 같이 가자고 말

이 나와 버렸네요.

항상 산에 갈 때 배낭에 간식, 물, 비옷, 바람막이부터 시작해서 만반의 준비를 하고 다녔던 나인데 무슨 생각이었는지 전날 복장을 다 준비해놓고 딸이 메고 다니던 보조 가방에 물, 핸드폰, 간단한 간식만 챙겨 간 걸 보면 평소의 내가 아니었나 싶어요.

주차장까지 가는 구불구불한 산길로 들어설수록 비가 그칠 생각을 안 하고 비옷도 준비가 안 돼서 올라갈 수 없었지만 선생님 덕분에 '비오는 날의 산 내음'을 맡을 수가 있었네요. 게다가 안 가본 길을 먼저 헤쳐나간 리더마냥 무더기무더기 꽃들 사이에서 외롭게 파란 꽃을 먼저 피운 산수국 한 송이도 보고, 산딸나무 이름에 관한 이야기도 하면서 자연에 대한 이야기를 나누며 서로 공감했네요. 자신이 좋아하는 것을 이야기했을 때 그 또한 좋아할 수 있는 그런 사람이 있다는 게 얼마나 든든하고 기쁜 일인지 새삼 깨달은 하루였어요.

그리고 신에 대한 이야기를 나눴던 적이 있었는데 모든 걸 긍정적으로 생각하는 선생님의 밝은 사고를 나 또한 배워야겠다는 생각이 들었어요.

"무릎을 다친 후에 산에 갈 수 있을까 고민도 되고 타로 카드를 뽑아볼까 하다가 말았지. 왜냐면 가지 말라는 내용이 나올까 봐. 테이핑하니까 그나마 괜찮았는데 물리치료사인 보경 씨가 같이 가겠다고 하니까 안심이 되었어. 오늘 산에 오니 갑자기 비가 오고 보경 씨가 비옷도 안 챙겨오고 못 올라가는 상황이 되니 문득 그런 생각이 들었어. 누군가 나를 지켜주는 분이 있는 것 같아. 내가 다치지 않게 테이핑도 하게 하고 혹시나 하여 보경 씨를 보냈는데 도착하니 갑자기 비까지 내리고."

이렇게 말하는 선화 선생님과의 대화 속에서 느낀 게 있어요.

신은 늘 긍정적인 사람들을 돕는다는 것. 그날은 '에너지가 밝은 사람 둘이 모이니 그 에너지 파장이 시너지가 되는구나.'라고 처음 몸으로 깨닫게 해준 의미 있는 아침이 었고 저에게 아주 특별한 아침을 선물해 주셨어요.

선화 선생님의 긍정의 에너지는 나뿐만이 아니라 더 많은 사람들을 도울 수 있을 거예요. 부디 선생님의 글과 재능 으로 많은 분들에게 힘이 되어주세요. 제가 힘들었을 때 타로카드 해석으로 희망을 주셨던 것처럼요.

보경으로부터

#18 마지막 산행

5월 30일의 산행이 마지막이 될 줄은 몰랐다. 일 년 동안 한라산 영실코스를 얼마나 올랐는지를 수첩에 다시 한번 적어보았다. 공식적으로 46번의 산행이었다. 백록담 정상까지 5번이고, 나머지는 전부 영실코스였다. 한라산 영실코스의 사계절을 오르면서 새벽 영실의 예찬론자가 되었다. 4시 30분에 출발해 오르면서 만났던 근사한 일출과 해에게서 번져나오는 강렬한 햇살 샤워. 그리고 머리카락을 미친년 널뛰듯 만들어버리는 강력한 바람. 때로는 살랑살랑 부는 첫사랑 바람. 그리고 한 치 앞도 볼 수 없게 만드는 안개. 그 외 모든 자연 현상들이 피부를 하나하나 관통하면서 내가 살아있음을 느끼게 해주었다.

그런데 드디어 신호가 왔다. 경고의 메시지가 떴다. 무릎 통증이 시작된 것이다. 통증으로 잠을 자지 못한 밤이 일주일 이상 지속되면서 병원을 찾게 되었다. 찜질과 마사지로 열흘 정도 치료를 받았는데 차도가 없었다. 그래서 일주일 간격으로 무릎 주위를 말랑말랑하게 하는 주사를 3번 맞았다. 의사 선생님께서는 당분간 산 금지령을 내리셨다. 올레 걷기나 평지만 걸으라고 하셨다. 내가 울상을 하며, "저 산에 못 가면 죽어요." 했더니 웃으시며 "산 마니아군요." 하셨다. 의사 선생님께서도 겨울산만 가신다고 하셨다. 그렇게 산에 가고 싶으면 관음사코스로 올라가서 성판악코스로 내려오라고 하셨다. "선생님, 저 영원히 산에 못 가는 건 아니겠죠?" 대답이 없으셨다. 오래 쓰려면 아끼라는 말씀이겠지. 혼자 지레짐작을 하며 '그래, 당분간 산에 가고 싶어도 참고 견뎌야지.' 결심하며 이를 악물었다. 무엇이든 억지로 되는 법은 없지. 순리대로 모든 것을 받아들여야지. 인정하기 싫어도 몸에서 오는 신호를 겸허히 받아들이고 무리하지 말고 천천히 쉬엄쉬엄 한발 한발 내디뎌야지. 마음은 이십 대라도 진짜 나의 몸 나이를 받아들여야지

집 거실에 앉아 오늘따라 더 선명하게 들어오는 한라산을 바라본다. 기다려, 다리 조금 나아지면 다시 너를 만나러 갈게. 잠시 올레 걷기로 외도하고 있을 테니 나 잊으면 안 돼. 들리지도 않는 목소리를 산에게 보낸다. 그래도 의리 있는 한라산이기에 내 목소리를 듣고 메아리로 응답해 줄 것이다. "그럼요. 전 언제나 여기 있어요. 얼른 낫고 저 만나러 오세요."

바람이 차다. 거실 창문을 닫고 책 속으로 깊이 빠져들었다.

곁에 있어도 늘 그리운 한라산에게

밤마다 네 꿈을 꾼다.

5월 30일 마지막 산행 이후, 너를 못 본 지 35일째다.

다리는 많이 좋아졌는데 조심하고 있다.

친구들이나 SNS 지인들의 사진 속 너를 보면 당장이라도 스틱을 들고 등산화 신고 뛰어가고 싶다. 하지만 참는 중이다.

7월부터 장마가 시작되었다.

이 늦은 장마를 감사하다고 해야 하나?

장마가 한 달 정도면 좋겠다. 한 달만 참았다가 산을 오르고 싶다. 그때는 내 속도를 조금 늦추고 같이 가는 길동무의 속도에 맞추어 걸어야겠지. 아니 어쩌면, 이제는 길동무가 나를 기다려줘야 할지도 모르겠다. 산을 오르며 많은 것을 배웠다.

경쟁하지 않는 것.

기다려주는 것.

욕심내지 않는 것.

자연의 소리에 귀 기울이면 많은 것을 준다는 것.

걸을 수 있음이 행복하다는 것.

함께할 벗이 있다는 것.

이외에도 감사할 것이 정말 많다.

너로 인해 내가 많이 성숙해졌다.

언제나 나를 두 팔 벌려 환영해줘서 고맙다.

지친 날 품어 주어 감사하다.

널 많이 아끼고 사랑하는 나로부터

두 달을 참았다가 산을 찾은 건데 그다음 날부터 이틀 동안
통증으로 잠을 못 잤다. 진통제 한 알로 버텼는데 도저히 안
되겠다 싶어 정형외과를 찾았다. 다시 초음파사진을 찍었
다. 결과를 기다리는 동안 초조했다. 의사 선생님은 사진을
요리조리 살펴보시더니 조심스레 입을 떼셨다.

"산에는 가면 안 되겠는데요."

"네?"

산을 가지 말라니, 당분간도 아니고 아예 가지 말라신다. 오
랫동안 하던 것을 못 하는 것이 힘들겠지만 산에 다녀오면
또 아플 거란다. 허벅지 강화시키는 운동을 많이 하라는 처
방을 받았다. 아~ 잠시 눈앞이 흐릿하다. '좀 쉬었다 괜찮아
지면 산에 가도 된다.'라는 말씀을 기대했건만, 이런 청천벽
력 같은 얘기를 들을 줄이야!

난 이제 한라산도 못 가고 그토록 염원하던 영남알프스도 못

간단 말인가? 질량보존의 법칙이 연골에도 적용된다고 하니 기가 막힐 노릇이다. 이럴 줄 알았으면 아껴 쓰고 조심히 쓸 걸. 소중한 것은 사람이든 사물이든 꼭 잃고 나서야 후회하게 되는 것인가? 허벅지 근육을 강화시키고 다시 한번 도전해 보자. 아무튼 올해는 한라산을 멀리하자. 깊은 한숨이 나도 모르게 새어 나왔다.

그래도 사람이 죽으라는 법은 없나 보다. 산을 못 가니 또 다른 방법이 생겼다. 요즘은 새벽에 일어나 해안도로를 걷는다. 평지를 걸으며 바다 위로 떠오르는 해를 보는 경이로움에 온몸이 빨갛게 물든다. 그래, 받아들여야지 어쩌겠는가? 산 금지령이 내렸으니 당분간 바다를 품기로 했다. 이제는 해안도로를 함께 달릴 한 명의 친구를 물색 중이다.

한라산이여, 잠시 안녕~

THANKs to   고영실   고정아   김미애   김보경
김선영   김여선   부정혜   소인숙
양가인   양승혁   양진호   오은정
이숙희   정진숙   전희경   추정자
홍경희   홍수희   홍영희

함께 오를래요?

© 김선화, 2022

초판 1쇄 발행   2022년 12월 22일

지은이   김선화
펴낸이   김영훈
책임편집   김지희
디자인   최효정, 나무늘보, 이은아, 강은미

펴낸곳   한그루
출판등록   제651-2008-000003호
주소   제주특별자치도 제주시 복지로1길 21
전자우편   onetreebook@daum.net
블로그   onetreebook.com
전화   064) 723-7580
전송   064) 753-7580

ISBN   979-11-6867-075-4 (03810)

값 15,000원